ALFAGUARA INFANTIL

www.alfaguarainfantilyjuvenil.com

ALFAGUARA

www.alfaguarainfantilyjuvenil.com

© Del texto: 1995, Manuel L. Alonso
© De las ilustraciones: 1995, Karin Schubert
© De esta edición:
    2008, Santillana Ediciones Generales, S. L.
    1995, Grupo Santillana de Ediciones, S. A.
    Torrelaguna 60. 28043 Madrid
    Teléfono 91 744 90 60

• Ediciones Santillana, S.A. Leandro N. Alem 720
  C1001AAP - Ciudad de Buenos Aires. Argentina
• Aguilar, Altea, Taurus, Alfaguara, S. A. de C.V.
  Avda. Universidad, 767. Col. Del Valle, México D.F. C.P. 03100
• Distribuidora y Editora Aguilar, Altea, Taurus, Alfaguara, S. A.
  Calle 80, n° 10-23. Bogotá-Colombia

ISBN: 978-84-204-6950-8
Depósito legal: M-9.389-2008
Printed in Spain - Impreso en España por
Rógar, S. A., Navalcarnero (Madrid)

Primera edición: septiembre 1995
Undécima edición: febrero 2008

Diseño de la colección:
Manuel Estrada

Editora:
Marta Higueras Díez

Extraño, muy extraño

Manuel L. Alonso
Ilustraciones de Karin Schubert

ALFAGUARA

A dos personas que leyeron este libro
antes de que fuese un libro:
Rosalía Casamayor Bowen
y María José Gómez-Navarro.
Leandro, Tom y yo os damos las gracias.

1

Tiene plumas
y no es un ave, no se ve pero se huele

Durante la noche, Leandro oyó pasos en su habitación.

Había alguien allí, en la oscuridad, acechando mientras él dormía.

Lo extraño era que los pasos sonaban muy cerca, pero no exactamente dentro de la habitación. Ni dentro ni fuera. En realidad, Leandro pensó que se oían dentro del armario.

Había alguien andando por dentro del armario empotrado. Tal vez un duende. O un extraterrestre. Se figuró que si encendía la luz se encontraría con un pequeño ser con cara de sapo y tentáculos en vez de brazos. Así que no encendió.

¿Qué pretendía aquella persona, o animal, o cosa? ¿Asustarle? Pues no faltaba mucho para que Leandro se asustase de veras. Probablemente, otro niño se hubiese asustado.

Él, no. Él no tuvo ningún miedo. Por lo menos, eso fue lo que dijo para sí, muy bajito, mientras se tapaba la cabeza y todo con la sábana:

—No tengo miedo. Sólo es una pesadilla. Figuraciones. Y voy a cumplir nueve años.

Esto último era muy importante. En opinión de Leandro, a partir de los nueve años se conseguía alcanzar la categoría de persona mayor. Bueno, casi.

Esa noche tardó mucho en dormirse. Los pasos dejaron de oírse pronto, en la habitación o en el armario. Pero él seguía con el oído atento y figurándose cosas.

Figurándose que algo se movía en la oscuridad. Una sombra sin cabeza, tal vez. Un bulto que avanzaba hacia él, despacio, muy despacio. A ratos, conseguía distraerse durante un minuto o dos, por ejemplo contando coches.

Los coches pasaban bajo su ventana, deslizándose en la noche. Los distinguía perfectamente de los camiones y de las motos. Los camiones hacían un ruido más fuerte y pesado, algo así como *bmm, bmm*. Las motos sonaban más adentro de sus oídos: *prrr, prrr*. A veces, los camiones hacían temblar el cristal de la ventana. Las motos se oían hasta que estaban muy lejos. Los coches hacían un ruido más suave, *tzzz, tzzz*.

Se entretenía contando coches para dor-

mirse, igual que hay quien cuenta ovejas. Lo había intentado con las ovejas, pero le resultaba más difícil. No se acordaba bien de cómo eran las ovejas.

De vez en cuando volvía a tener la impresión de que no estaba solo. De que había alguien más con él. Pero, ¿dónde? ¿En el armario? ¿Debajo de la cama?

Pensándolo bien, esta posibilidad era la peor de todas. Si la cosa estaba debajo de la cama..., si esperaba hasta que él estuviese dormido, y entonces estiraba un brazo o, peor aún, intentaba acostarse a su lado...

Se tapaba y se encogía más y más, hasta hacerse un ovillo, con la cara apoyada en las rodillas, y se quedaba muy, muy quieto. Entonces, hasta le parecía oír una respiración.

Otro niño habría saltado de la cama dando gritos. Leandro, no. Otro niño hubiera llamado a su madre, o a su padre, para que fueran a hacerle compañía. Pero él no pensaba hacerlo.

La razón era que, en el fondo, muy en el fondo, pasar miedo le gustaba.

Le gustaba sentir la sangre corriendo muy deprisa por sus venas, como un ejército de hormigas locas, y su corazón golpeando en el pecho, *pum, pum, pum*. Sentía unas cosquillas

que nacían en sus pies y le subían piernas arriba hasta llegar a la espalda, y apretaba los
dientes y los puños, y cerraba los ojos apretan-
do los párpados con todas sus fuerzas. Era
emocionante.

Hasta que le entraba el miedo de verdad. Miedo, miedo. Y en ese punto ya no sabía
si quería seguir adelante con el juego o no.
Pero casi siempre se quedaba dormido antes de
llegar a eso.

Y así le ocurrió también aquella noche.

Por la mañana registró el armario con
cuidado. Nada. Ni duende, ni extraterrestre, ni
monstruo peludo. Después miró detrás de la
butaca. Allí también hubiera podido esconderse alguien siempre que fuera pequeñito.

Pero detrás de la butaca no había nada
excepto una araña que salió disparada hacia la
ventana.

Su casa estaba en las afueras y tenía un
pequeño jardín, así que a menudo eran visita-
dos por toda clase de bichos: hormigas, abejas,
arañas...; una vez, incluso, un caracol atrevido
se había instalado en el florero y se quedó allí
tres días hasta que Leandro lo devolvió al
jardín.

Finalmente, miró bajo la cama.

Una pluma de ave.

Una pluma blanca y ligera, de oca o de ganso, de algún animal de la familia de los patos. ¿Cómo había llegado hasta allí? ¿La había transportado el viento desde algún lugar lejano y luego había entrado por la ventana abierta? Bien podía ser. Leandro se acarició la mejilla con la pluma y luego la guardó en el bolsillo.

En el colegio habló con Enrique de sus sospechas. Enrique era su mejor amigo.

—Anoche vino alguien a mi habitación. Seguramente un extraterrestre. Pero no pude verlo.

Enrique no pareció muy impresionado. A menudo hablaban de cosas así. El propio Enrique había inventado historias capaces de poner los pelos de punta a cualquiera.

—Si no lo viste, ¿cómo sabes que era un extraterrestre? Puede que fuera un asesino. O un secuestrador de niños. O un vampiro. A lo mejor te mordió en el cuello y ahora tú también eres un vampiro y no lo sabes.

Leandro se retiró el pelo, que llevaba bastante largo, para que Enrique pudiera verle bien el cuello, y preguntó si tenía marcas de colmillos. Enrique tuvo que reconocer que no.

—Si eres un vampiro, no te reflejarás en los espejos.

—Vamos a ver.

Fueron a los lavabos, y Leandro se puso delante del espejo.

—Me veo con toda claridad —dijo, decepcionado—. De vampiro, nada.

Después ya no hablaron más del asunto, y Leandro se olvidó de él por completo hasta la hora de la siesta.

Durante aquellos últimos días de curso, en que sólo iba a clase por las mañanas, Leandro tenía que dormir la siesta por recomendación del médico. Había estado enfermo y todavía seguía débil. Casi nunca se dormía; se limitaba a escuchar música o a imaginarse cosas. Le gustaba sobre todo pensar en las lejanas ciudades de las que su madre solía hablarle y a las que un día viajarían juntos.

Aquel día, al entrar en su habitación para la siesta, tuvo una sensación extraña. Había algo que no era como siempre. Le costó un par de minutos darse cuenta de que se trataba del olor. No olía como de costumbre.

Habitualmente, Agustina fregaba añadiendo al agua un buen chorro de lejía. No podía decirse que aquel olor le gustase a Leandro, pero al menos se había acostumbrado a él. Esa tarde, otro olor más penetrante llenaba la atmósfera del cuarto.

Leandro olfateó por los rincones, intrigado. Y de pronto, lo reconoció.

—¡Humo!

Humo de hoguera. A eso olía la habitación.

—Extraño —dijo Leandro hablando solo y empezando a disfrutar de su improvisado papel de detective—. Muy extraño.

Una corazonada le hizo abrir, como por la mañana, el gran armario empotrado. Allí no olía a nada en particular, pero había algo en el suelo. Se agachó y lo recogió, complacido por el hallazgo.

—Otra pluma blanca. Esto se pone interesante.

Era una pluma idéntica a la que había encontrado bajo la cama. De acuerdo, una pluma podía entrar revoloteando por la ventana y colarse en la habitación, pero ¿dos plumas? ¿Y cómo había entrado aquélla en el armario?

Sin perder un segundo, Leandro llamó a su amigo Enrique.

—He encontrado una pluma. Quiero decir, otra. ¿Te había hablado de la primera?

Enrique, bostezando, respondió algo que Leandro no pudo entender. Al parecer, Enrique sí dormía la siesta y él le había despertado.

—¿Dónde has encontrado esas plumas?

—Una debajo de la cama y otra dentro del armario.

Leandro hablaba muy deprisa, gesticulando mucho, pero al mismo tiempo procuraba que no lo oyesen en su casa. Si descubrían que en lugar de estar en la cama estaba hablando por el teléfono del pasillo, se iba a ganar una regañina.

Hubo un silencio. Leandro se figuró

que su amigo estaba pensando. Casi podía oírle pensar. Pero el silencio se alargaba.

—¡Enrique!

—Perdona, me había vuelto a quedar dormido.

—Tú no eres un amigo. Eres un cerdo.

—Vale. No hace falta que te pongas así. ¿Cómo son esas plumas?

—Plumas de ave, blancas.

—Mmmh. Creo que ya lo tengo. ¿Sabes lo que es tu misterioso visitante?

Leandro estaba de veras impaciente por conocer la opinión de su amigo. Se rascó un pie con la punta del otro, se frotó la nariz con los nudillos como hacía cuando se ponía nervioso, contuvo la respiración.

—¿Qué?

—Una gallina —dijo Enrique, y colgó entre risas.

—Bueno —se dijo Leandro mientras volvía a la cama—, no pienso desanimarme. Seguiré investigando.

2

El consejo del abuelo

—¡Agustina! —gritó Leandro—. ¡Agustina!, ¿dónde estás?

Agustina era la mujer que limpiaba y ordenaba la casa desde que la madre de Leandro había comenzado sus continuos viajes de trabajo. La oyó trajinar al fondo de la casa. Agustina siempre cantaba a grito pelado cuando estaba pasando el aspirador, cosa que hacía en aquel momento.

—¡Agustina! Tengo que hablar contigo.

Agustina lo vio, desconectó el aspirador y habló, como tenía por costumbre, a gritos.

—¿Qué quiere el rey de la casa? ¡Bonito mío, precioso!

Leandro carraspeó incómodo, *ejem, ejem,* y empezó:

—Tengo que revelarte un secreto.

Pero luego se detuvo, dudando. ¿Sabría Agustina guardar un secreto? Agustina no era un adulto como los demás. Leandro sabía que una vez la habían llevado al médico sus parientes, convencidos de que Agustina no estaba bien de la cabeza. El doctor la había sometido a toda clase de pruebas y al final había diagnosticado:

—Esta mujer tiene la mentalidad de una niña de siete años.

Desde entonces, Agustina no paraba de presumir. A los miembros más jóvenes de su familia los llamaba «viejos pedorros».

—Agustina —se decidió Leandro—, hay alguien que viene a verme por las noches.

Agustina, que era gorda y tenía una nariz grande y colorada y un poco de bigote, se recogió el pelo debajo de la gorra que usaba cuando quitaba el polvo, una gorra de ciclista. Lo miró seriamente, entornando los ojos.

—¿Y qué quiere?

—Aún no lo sé. Se esconde. Aún no he podido verlo. Sólo sé que tiene plumas y huele a humo.

Agustina abrió mucho los ojos y la boca, y durante unos segundos hasta se olvidó de seguir respirando.

—¡Plumas!

—Sí.

—¡Humo!

—Sí.

—¡Se esconde!

—Sí.

—Y no has podido verlo...

—Agustina, deja de repetir todo lo que te he contado. Dime qué te parece que puede ser.

—¿Qué me parece? ¿Qué me parece?

Agustina levantó la aspiradora, amenazándole con el mango.

—Me parece que quieres tomarme el pelo. Pero tengo mucho trabajo, bonito mío, y ahora no puedo jugar. Anda, lárgate.

Leandro soltó un bufido y se fue de regreso a su habitación.

Se quedó pensativo unos momentos, frotándose la nariz con los nudillos. Mamá estaba de viaje y papá también estaba trabajando. No tenía paciencia para esperar a que volviese a casa, y no le parecía probable que él le hiciese más caso que Agustina. Así que decidió ir a ver al abuelo.

Si no era día de visita —que no lo era—, ya se las arreglaría de algún modo.

Hacía mucho calor. Las calles aparecían desiertas y las casas tenían echadas las persianas. Un perro y un gato dormitaban a la sombra del árbol más frondoso de la calle, recobrando fuerzas para volver a perseguirse.

La residencia no estaba lejos. Leandro caminó pegado a las fachadas de las casas para no abandonar las zonas de sombra.

Al final de una larga calle, justo donde empezaba el campo, había un edificio rodeado por una verja de hierro. Sobre la puerta había un rótulo: RESIDENCIA DE LA TERCERA EDAD.

Leandro cruzó el jardín y llamó al timbre.

Le abrió una mujer a la que ya había visto otras veces.

—¿Se puede saber qué quieres a estas horas?

—He de ver a mi abuelo —anunció Leandro con firmeza.

—¡No es día de visita! Y además, no puedes venir tú solo.

—Pues he venido. Haga el favor de avisarle. Es urgente.

—Urgente, urgente...; para los viejos ya no hay nada urgente. ¿Y puede saberse quién es tu abuelo, o tengo que adivinarlo?

—Matías.

—¡Matías! ¡Claro, tenía que ser él! Anda, pasa. ¿Quieres saber lo que hizo tu abuelo ayer?

Otra mujer apareció en el vestíbulo. Leandro también la conocía de vista y le caía mejor.

—Yo me ocupo —dijo—. Acompáñame, pequeño.

Lo condujo a la sala de visitas y allí le habló sonriendo.

—No hagas caso. Tu abuelo es un poco... difícil. Como está sordo, no hay manera de que obedezca. Y no todo el mundo tiene la paciencia necesaria.

A Leandro le pareció divertido tener un abuelo desobediente, pero no dijo nada. Se conformó con corresponder a la sonrisa de la mujer, y se sentó a esperar. Al quedarse solo, contempló con curiosidad la sala de visitas. Había sillones de cuero, algunas sillas, una mesita, dos cuadros con paisajes que parecían pintados por Walt Disney y un gran ventanal que daba al jardín.

Olía a cerrado, pero no se atrevió a abrir la ventana. Esperó sin moverse hasta oír el ruido de los pasos del abuelo.

La mujer que le había acompañado abrió la puerta y anunció:

—¡Una sorpresa, Matías! ¡Su nieto!

El abuelo se asomó y se detuvo en el umbral. Era muy viejo, o por lo menos eso le parecía a Leandro. Su rostro estaba tan arrugado como una fruta olvidada en un cajón.

—¡Su nieto! —repitió la mujer.

—¡Ya lo estoy viendo! ¡Soy sordo, pero no ciego!

La mujer suspiró y se fue dejándolos solos. Entonces, el abuelo dejó de poner cara de gruñón y sonrió y abrió los brazos.

—¡Curry!

Leandro corrió a abrazarle.

—¡Abuelo!

—¡Curry! ¡Qué alegría!

Siempre le había llamado Curry. Leandro no sabía por qué. Nadie sabía por qué. La madre de Leandro le había dicho al abuelo más de cien veces:

—Por favor, no llames así al niño. El niño tiene un nombre. Se llama Leandro.

Pero el abuelo seguía llamándole Curry. Y a él le gustaba.

—¿Qué tal en el colegio?

—Abuelo, prefiero no hablar de temas tristes —dijo Leandro, que no sacaba buenas notas—. ¿Qué tal estás tú?

—Contento de que hayas venido. Me aburría. Estos viejos aburren a cualquiera.

Se sentaron, uno junto al otro, en los sillones que había frente a la ventana.

—¿Tus padres saben que has venido?

Leandro se encogió de hombros.

—Se lo contaré a papá esta noche. No creo que me riña por haber salido solo. No hay ningún peligro para venir de casa hasta aquí.

—Te estás haciendo mayor, Curry. ¿Quieres que te cuente una cosa divertida? Ayer, uno de los viejos de aquí encontró un bicho en la comida y se puso a alborotar. ¡Menudo jaleo organizamos! ¡Había uno que daba bastonazos en la mesa! Estuvo bien. Uno tiene que saber reclamar sus derechos, ¿no crees? Pero ya me doy cuenta de que tú tienes algo que contarme.

—¿Cómo lo sabes?

El abuelo se rió suavemente. Sus ojos claros, descoloridos como una tela lavada demasiadas veces, parecieron brillar.

Entonces Leandro le contó lo que sabía acerca de su visitante misterioso, sin olvidar ningún detalle: los pasos, el olor a humo, las dos plumas blancas.

El abuelo no le interrumpió en ningún momento. Al final, cuando Leandro acabó de explicárselo todo, hizo algo inesperado. Abrió los brazos y le invitó a sentarse en sus rodillas, como cuando Leandro era pequeño.

Se quedaron los dos un rato en silencio,

mirando hacia la ventana. Al otro lado revoloteaban dos mariposas que de vez en cuando tropezaban contra el cristal. En el arrugado rostro del abuelo había una expresión muy pensativa.

—Tengo la impresión de que tu historia me resulta muy familiar —dijo al fin—. Como si la hubiera oído, o soñado, hace muchísimo tiempo.

Entonces se abrió la puerta y apareció la primera mujer que había recibido a Leandro.

—Tendrán que ir terminando. Necesitamos la sala de visitas.

—¿Patatas fritas? —gruñó el abuelo llevándose una mano a la oreja.

—A ver si se compra de una vez un audífono, Matías.

—¡Váyase a freír churros!

La mujer resopló indignada y desapareció a toda prisa.

—Abuelo, hay una cosa que no entiendo —empezó Leandro.

—¿Sólo una? Anda, vamos a abrir la ventana; esas mariposas tontas están empeñadas en entrar.

El aire del jardín entró en la habitación, cálido y perfumado.

—No entiendo cómo eres sordo con los demás y conmigo no.

—Je, je. De sordo no tengo nada, Curry. Les hago creer que soy sordo para que me dejen en paz. Pero guárdame el secreto, ¿eh?

Leandro asintió seriamente.

—Y ahora escúchame —dijo el abuelo, siguiendo con la mirada el vuelo de las mariposas—: casi todos los adultos tenemos algún secreto, o por lo menos un secretillo. Hay cosas que es mejor no decir a nadie, ¿comprendes? Por ejemplo...

—Por ejemplo, lo que te acabo de contar.

—Eso es. Aún no sabemos cuál es la explicación. Pero si vas contándolo sólo conseguirás que no te crean.

—Abuelo, tú me crees, ¿verdad?

El abuelo contempló los movimientos de la más atrevida de las dos mariposas, que se había posado sobre el dorso de su mano. Las manchitas marrones de la vejez destacaban sobre la piel, pero las manos seguían siendo grandes y fuertes. A Leandro le gustaba mirarlas.

—Creo que está a punto de ocurrirte algo muy especial. Tal vez una emocionante aventura. Procura estar preparado. ¿Sabes que está comprobado que los adultos sólo usamos una pequeña parte de nuestra mente? Eso es porque sólo creemos aquello que podemos ver y oír y tocar. Pero si tú...

La puerta se abrió de nuevo.

—¡Matías, la visita ha terminado!

El abuelo se puso en pie. La mariposa volvió con su compañera al jardín. Leandro se puso de puntillas para dar un abrazo a su abuelo. Él le susurró unas palabras al oído.

—Ten mucho cuidado, pero no tengas miedo. Nunca tengas miedo.

Luego se irguió todo lo alto que era, y la verdad es que era realmente muy alto, o así se lo parecía a Leandro, y habló a la empleada de la residencia con la dignidad de un rey.

—Señora, voy a acompañar a mi nieto a la salida. Tenga la amabilidad de ir a fastidiar a algún otro viejo.

Y después se quedó en la puerta de la casa todo el tiempo, diciendo adiós con la mano hasta que Leandro desapareció por el extremo de la larga calle.

3

Clinc, clanc

Lo primero que hizo Leandro al volver a casa fue preparar una trampa.

Sin que Agustina le viese, cogió de la cocina un puñado de cucharillas, cucharas y tenedores. Después, de la cesta de costura tomó una bobina de hilo delgado, pero fuerte. En su cuarto, a base de paciencia, fue atando los cubiertos a lo largo del hilo. Ataba una cucharilla, dejaba dos o tres palmos de hilo, y a continuación ataba otra cuchara, o lo que fuese. Al acabar, tenía un extraño invento: un hilo de varios metros de largo lleno de cubiertos que colgaban como adornos de un árbol de navidad.

Entonces ató un extremo del hilo a una pata de su cama y, dejándolo a una altura de unos dos palmos, lo fue pasando alrededor de las patas de otros muebles. Al final, resultaba casi imposible dar dos pasos por la habitación sin tropezar con el hilo y armar un alboroto, *clinc, clanc*.

Leandro contempló satisfecho su trabajo.

—Ahora nadie podrá entrar aquí sin que yo me entere.

Oyó a Agustina que le llamaba y salió con mucho cuidado, andando de puntillas para no caer en su propia trampa.

—¿Dónde estabas, tesoro? —preguntó Agustina.

—Por ahí.

—Ha llamado mamá y no he podido encontrarte para que te pusieras al teléfono.

—¿Has dicho si volvería a llamar?

—Pues claro.

—¿Desde dónde llamaba?

—Desde Sevilla. Ya sabes que ha ido a un... ¿cómo se dice?, un congreso. La verdad, bonito, no sé cómo a tu madre no le cansa hacer tantos viajes.

—Tiene que ir por su trabajo, Agustina, para hablar con otros editores, y escritores, y gente así.

—¡Mira, ya viene tu padre!

Leandro oyó la puerta de la casa, que se cerraba de golpe, y el inconfundible silbido de su padre. Siempre silbaba al entrar en casa. A Leandro, desde que era muy pequeño, le encantaba oír aquel silbido.

Esperó a que su padre entrase en el salón para darle un beso. Cuando era pequeño, de tres o cuatro años, había tenido durante mucho tiempo la costumbre de salir corriendo a recibir a su padre. Corría tanto que casi siempre conseguía llegar antes de que papá cerrase la puerta. Papá lo tomaba en brazos y lo levantaba muy alto, casi hasta el techo. Ese era siempre uno de los mejores momentos del día.

Después perdieron aquella costumbre. Fue Leandro el que dejó de ir corriendo al encuentro de su padre, porque le parecía que ya era demasiado mayor para hacer esas cosas. Pero a veces se acordaba de aquello y, si no fuese porque le daba vergüenza, le habría gustado repetirlo.

Papá entró en el salón. Era alto, tenía una barba en la que aparecían algunas canas y olía a tabaco de pipa.

—Hola, papi.

—Hola, señor —dijo Agustina.

—Hola. Agustina, mujer, te tengo dicho que no me llames señor.

—Sí, señor. Quiero decir, no, señor.

—¿Qué tal el día, hijo? ¿Todo bien? ¿Ha llamado mamá?

—Le voy a preparar su taza de té, señor —dijo Agustina.

En cuanto se fue Agustina, Leandro confesó que había ido a ver al abuelo.

—¿Tú solo? No me gusta que salgas solo. Hay gente rara por ahí. Ya sabes que no debes aceptar ninguna invitación de personas desconocidas ni...

—Lo sé, lo sé, papá —se impacientó Leandro—. Te olvidas de que tengo nueve años.

—¿Y cómo se te ha ocurrido ir a ver al abuelo?

Leandro resopló sin saber qué contestar y empezó a frotarse la nariz con los nudillos. Papá se preocuparía si él le contaba que alguien andaba por su cuarto durante la noche. Lo mejor sería no decirle nada hasta...

—Perdone, señor —dijo Agustina asomando de nuevo en el salón—, no se asuste, pero tengo algo que decirle.

—¿Qué pasa, Agustina?

—Han entrado los ladrones en la casa. No sé cómo ha podido suceder.

Agustina se frotaba las manos nerviosamente. Se había puesto pálida y su gran nariz colorada parecía aún más grande y más roja.

—¿Han robado en casa? ¿Cómo ha sido? ¿Cuándo?

Igual que su padre, Leandro se quedó muy sorprendido. Pero en seguida creyó adivi-

nar lo que había sucedido. ¡Claro, su misterioso visitante era un ladrón! ¡Un ladrón que se
había escondido en espera del momento de
poder actuar!

—¡Ahora mismo! —exclamó Agustina
con voz de pito—. ¡Hace un rato estaban y
ahora ya no están! ¡Se los ha llevado! ¡Habrá
pensado que eran de plata!

—Pero Agustina, mujer, ¿de qué estás
hablando?

—¡De los cubiertos! ¡Se ha llevado hasta
las cucharitas del café!

Entonces pasaron varias cosas.

Primero, Leandro se puso muy colorado. Tan colorado como la nariz de Agustina.

Segundo, se oyó un sonido apagado
pero perfectamente claro: *clinc, clanc.*

El padre de Leandro preguntó, intrigado:

—¿Qué ha sido eso?

Y tercero, sonó el teléfono.

—No es nada, papi, luego te lo explico
—dijo Leandro mientras corrían hacia el teléfono.

—¡Leandro! ¿Cómo estás, hijo? —la voz
de su madre se oía claramente; a Leandro le
pareció que sonaba un poco triste.

—Muy bien, ¿y tú? ¿Qué tal el congreso?

—Un poco aburrido. Por aquí hace muchísimo calor, ¿y ahí?

—También. He ido a ver al abuelo.

Mamá le preguntó qué tal en el colegio y Leandro dijo que *pechés,* y hablaron de otras cosas hasta que llegó el momento de pasarle el teléfono a su padre.

Esperó a que su padre comenzase a hablar y empezó a deslizarse hacia su cuarto.

Desde el pasillo ya no se oía ningún sonido. Pero él, ello, la cosa, tenía que estar todavía dentro. Leandro lo sabía. No podía haber salido sin que él lo viese.

Llegó frente a la puerta y aguardó unos segundos.

Extendió el brazo y empezó a abrir muy despacio, con los oídos atentos y los ojos muy abiertos. Ni siquiera respiraba.

Empujó.

Nada. Había empezado a anochecer y entraba poca luz por la ventana. El cuarto estaba en penumbra.

Leandro estiró el brazo, sin entrar en la habitación, tanteando en busca del interruptor de la luz.

Estaba dispuesto a salir a toda velocidad si lo que veía era demasiado horrible.

Otra vez podía notar el olor a humo.

¡Y su padre estaba a media docena de pasos!

—Te vas a enterar, monstruo tonto —murmuró muy bajito.

Y encendió la luz.

Nada.

Bueno, sí.

Clinc, clanc.

La trampa estaba funcionando. Los cubiertos se movían como si alguien tropezase con ellos. ¡Pero no había nadie a la vista!

Entonces se oyó una risa suave, una risa como de niño. Sonaba allí, dentro de la habitación.

Leandro retrocedió un paso. Él había previsto todas las posibilidades excepto aquélla. ¡Un monstruo invisible! ¿Qué se puede hacer contra un monstruo invisible?

Leandro se portó en aquel instante como un verdadero valiente. Más valiente de lo que él mismo hubiera imaginado.

—Lárgate de mi habitación, imbécil —dijo.

Pero tal vez en el fondo él no creía que hubiese alguien allí realmente. Por eso se hizo el valiente... justo hasta que oyó la respuesta:

—Imbécil tú.

Entonces, cuando oyó aquello, Leandro

ya no quiso saber nada más. Salió al trote por el pasillo, con todos los pelos de punta.

—¡Papá! ¡Papaaá!

Al cabo de un instante, su padre estaba junto a él.

—¿Qué te ocurre, hijo?

—Hay alguien en la habitación.

El padre no dudó un segundo. Apartó a Leandro y se precipitó dentro de la habitación.

Leandro oyó: *clinc, clanc,* y luego *¡ayyy!*

Después hubo un silencio, y después la voz de su padre, que sonaba muy enojada.

—¡Leandro! ¿Qué broma es ésta?

Antes de volver a su cuarto, Leandro ya sabía lo que se iba a encontrar. Y en efecto, allí estaba papá, sentado en el suelo, frotándose las zonas doloridas por el batacazo.

—¡Muy bonito! ¡Hacerme tropezar así! ¡Para haberme roto una pierna!

—Pero papi...

—Ni papi ni nada. No tiene ninguna gracia.

Del monstruo invisible e imbécil, ni rastro. Ni voces, ni risas, ni plumitas revoloteando.

Por el pasillo se acercaba Agustina murmurando que en aquella casa pasaban cosas muy raras.

—No sé si serán ladrones, o *fastasmas,* o vampiros, pero alguien se ha comido media tarta de queso.

—¿Has sido tú, Leandro? —preguntó el padre.

Leandro aseguró que no. Y lo peor era que estaba diciendo la verdad.

4

Objetos que vuelan, zapatos que bailan

Cuando fue a acostarse, Leandro estaba de muy mal humor.

Agustina había recogido la trampa antes de marcharse a su casa. Papá le había reñido por ensuciar los cubiertos y no le había permitido llamar a Enrique con el pretexto de que ya era demasiado tarde. Al abuelo tampoco se le podía llamar por teléfono, así que Leandro se sentía solo en el mundo.

Eso fue precisamente lo que le dijo a su padre antes de ir a acostarse.

—No me gusta estar siempre solo, para jugar y para todo es mejor tener a alguien. Es muy aburrido estar solo.

—Sabes que tus amigos pueden venir siempre que quieras.

—Sí, pero no es eso. Luego se van a su casa y yo me vuelvo a quedar solo.

Desde su sillón frente al televisor, el padre le miró preocupado.

—Puede que tengas razón, Leandro. Hablaré de esto con mamá cuando regrese.

—Me gustaría que ella no viajase tanto.

El padre se quitó las gafas, que sólo usaba a ratos, y se pasó dos dedos pensativamente por el lugar donde la montura había marcado una huella. Suspiró.

—Mamá no puede dejar de viajar ahora. Los viajes son necesarios en su trabajo.

—Ya. Eso dice también Agustina. Pero mamá me dijo que estaba cansada de aviones y de hoteles. Y ni siquiera puedo ir con ella, por culpa del cole.

El padre buscó una de sus pipas y se puso a cargarla. Siempre hacía aquello cuando no sabía cómo responder a Leandro.

Tras el beso de buenas noches, Leandro avanzó por el pasillo arrastrando los pies. No le hacía ninguna ilusión meterse en su cuarto, con el monstruo invisible y maleducado.

Se paró ante la puerta y llamó con los nudillos.

—Voy a entrar —dijo, bajito.

Si el monstruo tenía la amabilidad de ir a esconderse, mucho mejor.

Entró y encendió la luz.

Nadie.

Leandro miró atentamente los rincones de la habitación. En uno de ellos estaba el armario empotrado. En otro, una butaca sobre la que solía dejar su ropa al desnudarse. En el tercero, una pequeña estantería llena de libros, casi todos de la editorial donde trabajaba su madre. Al lado, la ventana, que en ese momento estaba cerrada. Y finalmente, la mesita de noche, que tenía encima un marco con una foto de él y sus padres en la nieve, un par de libros y una lámpara.

—¿Estás aquí? —preguntó Leandro.

La luz del techo, la que él había encendido, pareció temblar. Se apagó y al momento siguiente se encendió la lámpara de la mesilla.

—Estás aquí. Eres muy gracioso, ¿sabes? Casi me castigan por tu culpa.

Leandro se dejó caer en la butaca, porque de pronto sentía una rara debilidad en las piernas, y se quedó mirando hacia la luz fijamente.

—¿Se puede saber qué quieres?

La foto de Leandro y sus padres se elevó en el aire, se dio un paseo por la habitación planeando despacito como un avión de papel, y volvió a su lugar.

—No está mal —opinó Leandro—. ¿Sabes algún otro truco?

Se abrió el armario y de él salieron un par de zapatos.

Eran los zapatos de los domingos, que Leandro no se había puesto más que dos o tres veces. Los contempló con indiferencia. Estaba decidido a no dejarse impresionar por nada.

Los zapatos avanzaron hacia él pasito a pasito, *pop, pop, pop, pop*. Se pararon delante de él y se pusieron a bailar, *ta-ta-ra-ra-ta, tatá*.

—Vale, vale —concedió Leandro—. Déjalos en su sitio, si no es mucho pedir.

Mientras los zapatos volvían hacia el armario, Leandro empezó con la táctica genial que se le acababa de ocurrir.

—Seguro que eres repugnante. ¿Sabes cómo te imagino? Como un cerdo. Un cerdo con patas de cerdo y rabo de cerdo. Así que no me extraña que no te atrevas a hacerte visible.

Se oyó un resoplido de indignación.

—¡Eso lo dices para provocarme!

Sí, decididamente tenía voz de niño. Eso era lo que a Leandro le parecía más extraño.

—En realidad —siguió— debes de ser una mezcla de cerdo y avestruz. Lo digo por las plumas que vas perdiendo. Un cerdo con culo de avestruz. ¡Puag, tío, qué asco! Mejor que no te hagas visible.

—Te lo advierto, no hagas que me enfade —dijo la voz.

Y entonces apareció.

Leandro tuvo la impresión de que salía de detrás de la estantería. Pero eso no podía ser: detrás de los libros no había espacio, sólo la pared. Y sin embargo, allí estaba. Leandro lo contempló con los ojos tan abiertos como dos huevos fritos. No se esperaba algo así. Aquello era... era...

—¡Eres un niño!

No parecía muy alto ni muy impresionante. Tenía más o menos la estatura de un niño de siete años. Su cara no se veía muy bien porque llevaba el pelo cortado de forma que casi le tapaba los ojos y las mejillas. Lo poco que se veía no era monstruoso, ni siquiera desagradable. Seguramente la mayor parte de las personas hubieran opinado que era incluso guapo, excepto por el detalle del color.

El color de su piel era azul intenso, como el del mar en un día de verano.

Se quedaron mirando el uno al otro, sin decir nada, durante un buen rato.

—¿De dónde sales? —preguntó al fin Leandro.

—Je, je. Te gustaría saberlo, ¿verdad?

Leandro se encogió de hombros. En realidad, todo él estaba bastante encogido. Pensó que mientras el niño aquel se mantuviera a distancia todo iría bien. Parecía inofensivo, pero nunca se sabía. Por si acaso, no estaría de más ser un poco amable.

—No necesitabas esconderte. Si querías venir a casa sólo tenías que decirlo.

—Gracias.

—De nada. ¿Puedo preguntar qué eres? ¿Un duende, o algo así?

—Je, je —se rió el niño de nuevo—. Te gustaría saberlo, ¿eh?

Leandro observó que su visitante iba muy abrigado. Llevaba un *plumas* y calzaba botas de invierno. Se fijó en que el *plumas* tenía un roto. Una pluma blanca cayó revoloteando a los pies del niño.

—¿Eres un niño?

—Je, je.

Tenía una voz... ¿Cuál era la palabra? ¡Sí: dulce! Una voz dulce. Y su risa sonaba graciosa. Aún no se había movido. Permanecía dando la espalda a los libros, con las manos en los bolsillos del *plumas* y mirándole a través de su flequillo negro cortado a trasquilones.

—¿Cómo te llamas?

Un libro se cayó al suelo. El chico lo recogió para devolverlo a su sitio. Leandro pudo ver que era *Las aventuras de Tom Sawyer,* un libro que le gustaba mucho.

—Tom —dijo el visitante—. Me llamo Tom.

Leandro pensó que era una casualidad,

pero no dijo nada porque estaba fascinado contemplando un curioso cambio: la piel de Tom iba dejando de ser azul y adquiría un color normal.

—¿Qué te pasa, bobo? ¿Por qué me miras así?

—No me llames bobo. Estoy mirando tu piel. Ya no es... bueno, no sé si lo sabías, pero hasta hace un momento eras azul.

—Sólo me pongo azul cuando me enfado. Y te aseguro que es mejor que no me hagas enfadar.

—Me gustaría preguntarte una cosa —dijo Leandro de repente.

Tom dio unos pasos de baile por la habitación mientras tarareaba una musiquilla.

—¿Eres un ladrón? —preguntó Leandro.

—¿Por qué iba a ser un ladrón? —dijo Tom sin dejar de bailar—. ¿Tengo acaso cara de ladrón?

—A veces, los ladrones emplean a los niños pequeños para colarse en las casas. Primero entra el chico y luego les abre desde dentro. Lo sé por un libro que se titula *Oliver Twist,* que me leyeron hace poco.

—Ya veo que tienes muchos libros. ¿Te gusta la música? ¿Sabes alguna canción?

48

—Deja de bailar un momento, por favor, así no se puede hablar.

Pero Tom, que al parecer no se podía quedar quieto, acababa de descubrir junto a los libros un jarrón con flores que Agustina había cortado del jardín aquella misma mañana. Eran caléndulas y dientes de león, de las pocas que Leandro conocía por el nombre. Tom se puso a olfatearlas y luego cogió una y empezó a comérsela tranquilamente.

—¡Eh! ¿De dónde sales tú? ¡Las flores no se comen!

—¿Por qué? —preguntó Tom probando un sorbito del agua del jarrón.

—Por qué, por qué... no sé por qué. Pero creo que ya sé lo que eres tú. Un extraterrestre.

Tom se rió, sin responder.

Leandro dio un paso hacia Tom, y luego otro. Le llegó el olor a humo. Eran las ropas de Tom lo que olía así, pero no resultaba desagradable. Seguramente Tom era una especie de vagabundo y hacía hogueras en el campo para calentarse. Parecía tener frío incluso en aquel momento, a pesar de que estaban casi en verano y la ventana permanecía cerrada.

—¿Y la tarta de queso? ¿Te la has comido tú?

Tom le miró sonriente a través de su pelo negro y brillante, y afirmó con la cabeza.

—Tenía hambre.

—¿Quieres que te traiga algo más? Te puedo hacer una hamburguesa.

—Soy vegetariano, gracias.

—De nada. Y ahora, ¿me puedes contar para qué has venido?

Leandro ya estaba casi a sólo dos pasos de Tom. Un poco más y podría extender el brazo y tocarle. Si su mano no tropezaba con nada, si atravesaba la figura de Tom..., entonces... Leandro no tenía todavía decidido lo que haría en ese caso.

Dio un paso más:

—¿Y de beber? ¿Quieres que te traiga algo de beber?

—Eres muy amable.

—Gracias.

—De nada.

Estaban los dos un poco hartos de tantas muestras de cortesía. Leandro declaró que no tenía sueño y que le gustaría jugar a algo, si Tom conocía algún juego. Tom dijo que los juegos estaban bien para los niños pequeños, y entonces Leandro le preguntó cuántos años tenía, y Tom sonrió pero no respondió.

—Me gustaría saber si te reflejas en los espejos —dijo Leandro.

—¿Sabes una cosa? Me aburres con tus preguntas. No volveré a visitarte mientras sigas tan pesado con las preguntitas.

Y antes de que Leandro pudiera hacer nada por impedirlo, Tom se acercó a la ventana, la abrió y desapareció por ella.

No se tiró, no. Ni tampoco se descolgó, ni salió volando ni ninguna otra cosa. Simplemente desapareció.

Leandro se asomó a toda prisa, pero no vio nada ni a nadie en el jardín o en la calle. Sólo oyó un ligero sonido que se alejaba, como un *flop, flop*.

No era un batir de alas, ni el sonido de un globo que se desinfla, aunque se parecía un poco a las dos cosas. Era...

Bueno, era *flop, flop*.

Y luego nada. Oscuridad y silencio.

5

Amigo secreto

Por la mañana, durante el recreo, Leandro habló con Enrique.

—¿Te acuerdas de lo que te conté sobre el duende? Ayer lo vi. Estuvimos hablando. Se llama Tom.

Enrique comía un bocadillo enorme, casi tan largo como su brazo. Siempre estaba comiéndo, y a pesar de eso era el niño más delgado del colegio.

—¿Cómo es? —preguntó.

—Como nosotros. Tiene una voz muy suave, y cuando se enfada se vuelve azul. Le hice preguntas, pero no conseguí que me contestase.

—Lo mismo que le pasa al profe conmigo —sonrió Enrique—: me pregunta todo el tiempo, pero nunca sé las respuestas.

—Te estoy hablando en serio —protestó Leandro—. Te cuento que tengo un amigo secreto que es un duende, y tú sigues zampando ese bocadillo, como si no te interesaran más que los bocadillos.

—Te equivocas. También me interesan las hamburguesas. Y las pizzas.

Enfadado, Leandro dio media vuelta y se fue a los lavabos.

Estaban desiertos. En el recreo, después del primer momento, nadie tenía tiempo para ir a hacer pis.

Se bajó la cremallera, hizo lo que tenía que hacer, se subió la cremallera y se volvió para lavarse las manos.

Allí, sentado sobre uno de los lavabos, con su *plumas* y sus botas y su extraño corte de pelo, estaba Tom.

—Hola —saludó como si fuese lo más normal encontrarse allí.

—Ho... hola.

Se reflejaba perfectamente en el espejo. Por lo menos, no era un vampiro.

—Se me ocurrió venir a hacerte una visita aquí, en tu colegio. Pensé que te gustaría.

—Gracias.

—De nada.

Hubo un silencio. Leandro se preguntó qué ocurriría si alguien entraba de pronto. ¿Podría Tom hacerse invisible?

—Oye, Leandro, me gustaría pedirte algo. No hace falta que vayas hablándole de mí a todo el mundo.

—¿Por qué lo dices?

Tom se encogió de hombros.

—Por Enrique. Ya ves que de todas formas no te cree. Preferiría que guardases en secreto nuestra amistad.

—¿Es que somos amigos?

—Bueno, eso es lo que tú has dicho. Has dicho que tenías un amigo secreto que es un duende, ¿no es cierto?

—Sí.

—Pues no. No es cierto. No soy un duende.

—¿Y qué eres?

—Deja de hacer preguntas, bobo.

—No me llames bobo, te lo advierto. Tengo un nombre. Me llamo Leandro.

—También tienes un nombre secreto. Curry.

Leandro se quedó con la boca abierta.

—¿Co... cómo sabes eso?

—Me gustaría ver la nieve —dijo Tom sin venir a cuento—. Vi una fotografía en tu casa en la que estás con tus padres en la nieve. Es una gran suerte poder ir a donde hay nieve. Y supongo que tener padres también está bien.

—¿Tú no tienes?

—Si dejas de hacer preguntas durante un minuto, te diré lo que vamos a hacer.

Tom saltó al suelo y quedó enfrente de Leandro. Era algo más bajo que él. Sonrió. A Leandro le asombró que alguien fuese capaz de sonreír de aquella manera. Era una sonrisa...; la verdad es que no había palabras para describirla. Pero daban ganas de ponerse a cantar, o de seguirle a todas partes con tal de seguir viendo aquella sonrisa. En fin, era una sonrisa muy rara.

—Quiero ayudarte —dijo Tom con su voz más dulce.

—Que yo sepa, no necesito ayuda.

—Te diré algo sobre ti. Tienes ocho años, aunque te falta poco para cumplir los nueve. Tu madre tiene que viajar a menudo por motivos de trabajo. Tienes un abuelo al que quieres mucho, pocos amigos, y tenías un perro que se murió de viejo.

—Sigue.

—Te gustan los libros de aventuras, los macarrones y los helados. Odias el repollo y el pescado con espinas. Si pudieras, cenarías patatas fritas todas las noches del año. Te gusta una niña que va a tu curso y se llama Virginia. A veces, te muerdes las uñas.

—Bueno, vale. No entiendo a qué viene todo eso.

—Es para demostrarte que te conozco y sé lo que necesitas.

—¿Y qué es lo que necesito, según tú?

—Últimamente te quejas de que estás solo. Pues ha llegado la hora de que compruebes si es verdad. De momento tienes que llamar por teléfono a Agustina para decirle que no irás a comer. Dile, también, que llamarás otra vez por la noche.

—¿Por qué?

—Porque tenemos algo que hacer.

—¿Qué?

—Vamos a rescatar al abuelo.

La lluvia caía con fuerza.

Tom había sacado la capucha de su *plumas* y la llevaba echada casi hasta la nariz. A

Leandro le hubiera gustado llevar el *plumas* que su madre le había traído de uno de sus viajes. La lluvia se le colaba por el cuello de la camisa haciéndole unas cosquillas desagradables.

Las calles estaban desiertas. Sólo pasaban por su lado algunos coches con unos grandes bigotes de agua.

—Me estoy calando —murmuró Leandro—. Lo más seguro es que coja una pulmonía. Doble.

—Toma —dijo Tom empezando a quitarse su *plumas*—. Ponte estò.

—No. Ni hablar. Es tuyo.

—Póntelo y calla.

Leandro se lo puso. Estaba calentito y olía a humo. Le encantó la sensación de sentirse como un pollo en su nido.

—Gracias.

—De nada.

—¿Qué querías decir con eso de «rescatar al abuelo»?

—Me has entendido perfectamente. ¿Crees que tu abuelo está bien en ese lugar donde vive?

—Hum, creo que no.

—Por supuesto que no. Pero para

eso estamos nosotros. Vamos a sacarlo de ahí.

Leandro miró de reojo con disimulo a su compañero. Le inspiraba un poco de... no sabía cuál era la palabra exacta. Tal vez inquietud. O recelo. Se preguntaba muchas cosas sobre él. Dónde viviría, y con quién, y cómo hacía para averiguarlo todo.

Tom caminaba como una persona que no conoce la prisa. De vez en cuando se detenía un momento para contemplar las cosas a su alrededor. Toda clase de cosas. Una zona de juegos infantiles en mitad de una plaza, una parada de autobús, el anuncio de una agencia de viajes. Era como si viese todo aquello por primera vez.

—Ya falta poco —dijo Leandro—. Esta lluvia es un asco, ¿no crees?

—Es una buena lluvia —opinó Tom—, una lluvia estupenda.

Tenía la ropa empapada, pero no parecía molestarle. Se paró de pronto y echó la cabeza hacia atrás con la boca abierta. Leandro había hecho aquello mismo más de una vez, cuando era pequeño. Le daban ganas de imitarle, pero no se atrevió.

—Sabe dulce —dijo Tom.

Luego señaló hacia un edificio sobre cuya entrada se leía: *Biblioteca pública.*

—Cuando seas mayor —dijo— trabajarás con libros. Tal vez en un sitio como ése.

—¿Voy a ser bibliotecario? ¿O trabajaré en una librería?

—Mira, está dejando de llover.

—¿Seré escritor? ¿Maestro? ¿Trabajaré en una editorial, como mi madre?

—¡¡Atchís!! —hizo Tom—. Es gracioso, nunca había estornudado antes. Primero es como un picorcito en la nariz y luego...

—En la nariz debería darte un buen puñetazo —respondió Leandro de mal humor.

6

Operación rescate

Leandro llamó a su casa desde la última cabina, muy cerca ya de la residencia donde vivía el abuelo.

Agustina se extrañó mucho cuando él le dijo que no iba a ir a comer.

—¿Pero dónde vas a comer, bonito? —preguntó con su voz chillona—. ¡Con la comida tan rica que te había hecho yo!

Leandro dijo que se quedaba a comer en el colegio, pero apenas hubo colgado se arrepintió, porque si a Agustina o a su padre se les ocurría llamar para comprobarlo, se alarmarían al no encontrarlo. Nunca le había gustado decir mentiras; tener que mentir siempre le ponía nervioso.

—¿Qué vamos a hacer? —preguntó al volver junto a Tom—. Al abuelo no puedo llevarlo a mi casa. Mis padres dicen que, por culpa de sus trabajos, no podrían atenderlo.

—Improvisaremos.

Poco convencido, Leandro guió a su amigo hasta la puerta de la residencia.

Allí, una mujer a la que ya conocía les puso todo tipo de objeciones. Pero luego miró a Tom y misteriosamente cambió de actitud y los dejó pasar.

Entraron en la sala de visitas.

Tom se puso a curiosearlo todo. Leandro estaba convencido de que el abuelo no los tomaría en serio. Se sentó en un sillón sin darse cuenta de que tenía los muelles rotos, y se hundió poco a poco hasta que los pies le quedaron colgando.

Tom se puso a tararear una musiquilla y a bailar por la sala. Leandro lo observó con cara de reproche. No sabía lo que era su amigo, pero de una cosa estaba seguro: Tom esta-

ba loco. Al parecer, cualquier sitio le parecía bien para ponerse a bailar.

Cuando entró el abuelo, Leandro se levantó para darle un abrazo.

—Hola, Curry.

El abuelo se quedó mirando a Tom. Tom, con las manos a la espalda, tenía por una vez aspecto de chico formalito. Miraba también al abuelo, seriamente, sin mover ni un pelo.

—Abuelo, éste es Tom —dijo Leandro.

Y entonces, Tom sonrió.

Leandro se dio cuenta de que sonreía con su sonrisa especial. Pensó que daban ganas de hacer cualquier cosa con tal de seguir viendo aquella sonrisa.

El arrugado rostro del abuelo pareció estirarse, iluminarse. Sonrió también.

—Hola, Tom.

No preguntó nada. Leandro se dio cuenta de que Tom le caía bien. Con él, el abuelo no se fingía sordo.

—¿Cómo habéis conseguido que os dejaran pasar?

—Al principio no nos dejaban —respondió Leandro—. Esa señora decía que no iba a estar haciendo de portera por el capricho de unos mocosos.

—¿Os ha llamado mocosos? Que espere y verá las palabras que conozco yo.

—Abuelo, cuando pones esa mirada no te conozco.

—¿Qué tiene de particular mi mirada?

—Echas chispas. Creo que serías capaz de asar un pollo sólo con mirarlo.

Tom se rió y el abuelo también.

—Abuelo —siguió Leandro—, siéntate y escúchame, por favor. Bueno, será mejor que escuches a Tom. Tiene algo que decirte. Ya sé que vas a pensar que está loco. Ha insistido en que viniéramos. Dice que...; díselo tú, Tom.

Tom estaba junto a la ventana. Al otro lado del cristal, recién lavado por la lluvia, el arco iris brillaba en el cielo.

—Adelante, Tom. Te escucho.

—Pues verá, señor...

—Llámame abuelo, ¿de acuerdo? Supongo que lo que tienes que decirme es muy importante, porque parecéis haber caminado mucho bajo la lluvia para verme.

Tom asintió. Sus ojos brillaban como estrellas bajo su cabello negro.

—Hemos venido a buscarte, abuelo. Nos vamos —dijo Tom decidido.

—¿Nos vamos?

Las cejas del abuelo se habían levantado hasta la mitad de la frente.

—Sí. ¿No te gustaría salir de aquí, hacer un viaje?

Las cejas se levantaron aún más. El abuelo tenía los ojos muy abiertos y no podía apartar la mirada de Tom.

—Ya te dije que está loco —murmuró Leandro.

El abuelo consiguió volverse hacia él.

—No me parece que tu amigo esté loco, Curry.

—Pero abuelo, no nos podemos ir así como así.

—¿No?

Ahora, los ojos del abuelo también brillaban.

—Pues es precisamente la cosa que más me gustaría. Es justo lo que estaba necesitando. Llevo tanto tiempo aquí que estoy empezando a tener telarañas hasta en el cerebro.

Tom se rió.

—¿De qué te ríes, bobo? —refunfuñó Leandro—. Estoy seguro de que tú no sabes lo que es el cerebro. Abuelo, no está bien que nos vayamos así. Pediré permiso en casa y...

—Sí, sí —dijo el abuelo—, ya llamaremos más tarde. Pero ahora vámonos.

Resignado, Leandro los siguió hasta la entrada, donde montaba guardia la misma empleada, que los miró con desconfianza.

—Voy a salir —anunció el abuelo.

—No puede salir, Matías, a menos que su hijo o su nuera vengan a recogerle y me firmen un documento.

El abuelo la atravesó con su mirada de asar pollos y habló con voz firme como la de un general dando órdenes.

—Me voy. Nos vamos a... ¿a dónde vamos, chicos?

Leandro asistía a la escena con la boca abierta, incapaz de pronunciar palabra. El abuelo se había vuelto loco, tan loco como Tom.

—Vamos donde haya nieve —dijo Tom.

—Ya lo ha oído. Vamos a ver la nieve.

—¿Nieve? ¿En junio?

Nadie respondió. Salieron a la calle, y el abuelo hinchó el pecho llenando sus pulmones de aire y dijo:

—Es un gran día para vivir aventuras.

7

Una canción,
un coche rojo y una coincidencia

A espaldas de la residencia se extendía un gran descampado con algunas zonas valladas y anuncios de que pronto se levantarían obras en aquel lugar. Más allá empezaba el campo. Caminaron los tres en aquella dirección como si se hubieran puesto de acuerdo sin necesidad de hablar.

Leandro se quitó el *plumas* y se lo ató a la cintura. Tom lo miraba todo con el aire de un explorador en una región desconocida. Vieron terrenos de cultivo, un cañaveral, frutales.

El abuelo señaló a lo lejos, hacia un punto donde se veía la mancha brillante de algún coche pasando a toda velocidad.

—Si mis viejos ojos no me engañan, por allá está la carretera. Supongo que podremos hacer auto-stop.

—¿Qué es auto-stop? —preguntó Tom.

—Si haces señas a un coche, a veces para y te lleva —explicó el abuelo.

—Es una buena idea.

Un perro ladraba en la distancia. Tom preguntaba infinidad de cosas a las que el abuelo respondía con paciencia.

Leandro se sentía un poquitín celoso, y se preguntó si aquello duraría mucho, aunque no dijo nada. Después, Tom preguntó que si alguien sabía alguna canción. Leandro dijo que conocía muchas.

—A ver, canta alguna, por favor.

—¿Ahora?

—Ahora.

—Me da vergüenza.

—¿Vergüenza?

—Sí. Además no se me ocurre ninguna en este momento.

—Puedes cantar *Cumpleaños feliz* —intervino el abuelo.

—No es el cumpleaños de nadie.

—Anda, por favor —suplicó Tom—. Me gustaría oírla.

—Está bien, la cantaré, pero sólo un poquito.

—Gracias.

—De nada.

Y Leandro, apresurando el paso, entonó *Cumpleaños feliz,* y al final el abuelo y Tom aplaudieron y él saludó haciendo reverencias.

Luego, el abuelo se puso a silbar. Los dos niños quisieron imitarle, pero Leandro sólo conseguía emitir un silbido flojito y breve, y Tom ni eso. De vez en cuando estornudaba con gran estrépito.

Se detuvieron junto al borde de la carretera. El sol enviaba sobre ellos ardientes rayos verticales que picaban, como sucede a veces después de la lluvia.

—Bueno, ¿quién empieza? —dijo Leandro.

—Yo —respondió el abuelo.

Extendió el brazo, levantó el dedo pulgar y aguardó, mientras los coches pasaban frente a ellos sin reducir la marcha.

—Cuando lleguemos a algún sitio iremos a un restaurante y pediremos cada uno un buen filete con patatas fritas —dijo para animarlos.

—Yo pediré otra cosa —dijo Tom—. Soy vegetariano.

—Dudo mucho que podamos ir a un restaurante —opinó tristemente Leandro—. Yo sólo tengo doscientas pesetas.

El abuelo sacó un puñado de monedas, las contó y confesó con un suspiro que no tenía mucho más que Leandro. A Tom no le pregun-

traron: se sacó los bolsillos del pantalón y los
sacudió sin pronunciar palabra.

Dos horas más tarde seguían en el mismo lugar.

—Mis viejas piernas ya casi no me sos-
tienen —declaró el abuelo—. Voy a acercarme
hasta aquella piedra grande y apoyaré en ella
mi viejo cu... en fin, ya sabéis. ¿Alguien quiere
tomar el relevo?

—Yo probaré —dijo Tom.

Se puso al borde de la carretera y extendió el brazo con el pulgar en dirección hacia
donde querían ir, como había visto hacer al
abuelo. Un coche se acercaba a gran velocidad.

—Es rojo —dijo Leandro—. Los rojos
son los que más corren. No creo que pare.

—Puede que sí —dijo Tom.

Y sonrió.

Sonrió con aquella sonrisa suya que hacía pensar en cosas agradables, en una mañana
en la playa, en risas compartidas y en lugares
que uno sólo ve en sueños. Pero no les sonreía
a ellos. Sonreía al ocupante del coche, que seguía aproximándose sin disminuir la velocidad.

Leandro pensó que era un coche demasiado lujoso. Estaba convencido de que los co-

ches muy caros nunca recogen a la gente que hace auto-stop. Seguramente sus conductores tienen miedo de que alguien les manche el coche o intente atracarlos.

El coche ya estaba casi junto a ellos, y Tom seguía sonriendo. Unos metros más y pasaría de largo. El abuelo se había quedado a unos pasos de distancia, mirando la escena como fascinado. El sol calentaba de lo lindo.

Y de pronto, con un chirrido de los frenos, el coche paró.

Se abrió la portezuela y el conductor dijo:

—Subid.

Subieron, los dos amigos atrás y el abuelo junto al conductor, que era un hombrecito pequeño y nervioso que no dejaba de mirar a Tom intrigado.

Tom se había dormido. Leandro, adormilado, escuchaba distraídamente la conversación del abuelo con el dueño del coche.

—Siempre he sido un hombre orgulloso. Por eso me he perdido muchas cosas. Muchas. Ahora ya soy demasiado viejo para cambiar de manera de ser.

El conductor protestaba asegurando al abuelo que no era tan viejo.

—Sí lo soy. Podría ser el bisabuelo de esos niños que van ahí atrás. Seguramente no viviré mucho más tiempo.

Al otro lado de la ventanilla había pueblos que pasaban corriendo, montañas impresionantes, un tren que iba a la misma velocidad que ellos y que luego se perdió de vista en un túnel. A Leandro se le cerraban los ojos.

—Mi hijo y su mujer —suspiró el abuelo— dirán que soy un inconsciente, Matías *Cabezaloca,* así me llamaban algunos amigos en mi juventud. Pero los niños estaban tan decididos que no podía hacer otra cosa que acompañarlos; no iba a dejar que viajaran solos, expuestos a tantos peligros. Espero que mi nuera lo entienda.

—¿Van a reunirse con ella ahora?

El abuelo guardó silencio durante un buen rato. Se volvió a medias para ver si los dos amigos dormían. Leandro cerró los ojos y respiró regularmente.

—Me gustaría —dijo al fin—, pero no me atrevo. He complicado las cosas emprendiendo este viaje. Dirán que soy un irresponsable, que no se puede confiar en mí.

—¿Dónde está ella?

—Mi nieto me dijo que estaba en Sevilla, en un congreso de literatura infantil.

—Desde donde yo me quedo, hay sólo un par de horas hasta Granada —dijo el conductor—. Después, de Granada a Sevilla es fácil.

—Me encantaría ir a Granada. Fui muy feliz allí. Hace de eso muchos, muchísimos años. Recuerdo que había un lugar desde el que se veía la Alhambra y el Generalife, y más allá, a lo lejos..., parece mentira..., es una coincidencia verdaderamente magnífica...

—Seguramente se refiere a uno de los miradores del barrio del Albaicín. El más alto es el de San Nicolás, pero todos ellos tienen unas vistas maravillosas. ¿Qué es lo que se ve desde ése?

—¡Sierra Nevada! —exclamó el abuelo—. ¡¡¡Nieve!!! ¡Desde ese mirador, incluso en esta época del año, se ve la nieve!

Los ojos de Leandro se abrieron de golpe.

Los ojos de Tom se abrieron de golpe.

El abuelo se volvió hacia ellos, muy excitado. Sus ojos brillaban. Sus cejas de largos pelos temblaban como antenas de un insecto.

—¡Curry! —exclamó—. ¡Tom! ¡Acabo de

recordar dónde hay nieve! ¡Mi vieja cabeza de chorlito todavía funciona!

Tom consiguió soltar un silbido bastante aceptable. Leandro chocó la mano contra la de su amigo, y como a Tom le gustó aquel gesto que no conocía, tuvo que repetirlo una y otra vez hasta que le dolieron los dedos.

Más tarde, el hombre del coche rojo los dejó a la salida de un pueblo, donde él se detenía.

Había un bar junto a una gasolinera, y el abuelo propuso que entrasen en él para comer algo.

—Hagamos un alto en el camino, compañeros. Vamos a reponer fuerzas y, si todo va bien, dentro de pocas horas estaremos viendo la nieve.

En el bar había un par de conductores de camión a los que una camarera gordita les preparaba grandes hamburguesas. Se sentaron junto a ellos, en unos taburetes muy altos. A Leandro se le hacía la boca agua.

—Hola —dijo la camarera—. ¿Qué les sirvo?

Antes de que pudieran responder, oyeron el sonido de un automóvil que frenaba frente al bar. Leandro se volvió y vio que era un coche de la policía. De él bajaron dos hombres de uniforme.

—¿Qué pasa? —preguntó Tom.

—Problemas.

En cuanto los policías empezasen a hacerles preguntas, el viaje se habría terminado.

—Si se enteran de que viajo sin permiso de mis padres, me obligarán a volver —susurró—, y hasta puede que acusen al abuelo de secuestro. Y tú..., ¿quién diremos que eres? ¿Por qué no pruebas a hacerte invisible?

—Demasiado tarde —dijo Tom.

Los policías habían entrado en el bar y miraban hacia ellos.

8

Tom se enfada

El abuelo comprendió que algo sucedía, y se giró para ver a los que entraban. Cruzó una mirada con Leandro, y acto seguido miró hacia la puerta de los lavabos. Leandro entendió el mensaje.

—Vamos —susurró al oído de Tom, mientras se ponía en pie.

—¿Adónde?

Los policías también hablaban entre ellos. Empezaron a aproximarse.

—Al baño —dijo Leandro entre dientes—, vamos al baño.

—Yo no necesito... —empezó Tom.

No había tiempo para convencerlo. A pesar suyo, Leandro tuvo que irse solo y dejar a su amigo en compañía del abuelo.

Entró en los lavabos y dejó un poco abierta la puerta para poder ver y oír lo que ocurría.

Los policías se habían detenido frente al abuelo. Uno de ellos tenía la cara redonda y sonrosada, y una barriga tan grande que los botones de su camisa parecían a punto de salir disparados como proyectiles. El otro tenía un bigote enorme; encendió un cigarrillo y al ponérselo en la boca casi desaparecía entre el bigote.

—No hemos visto su coche fuera —le dijo al abuelo.

—¿Cómo dice? —preguntó el abuelo.

—Su coche. ¿Qué coche es el que conduce?

—Sí, de noche hacen falta luces —afirmó el abuelo—. Si no, uno no ve nada.

—Lo que le preguntamos es cómo ha llegado aquí.

—Sí, me ha gustado Madrid.

Los policías se miraron con cara de fastidio. Hasta Leandro llegó el comentario del gordo.

—Está más sordo que una tapia.

—O finge estarlo —dijo el otro—. Ahora veremos.

Entonces, aquél, el del enorme bigote, se dirigió a Tom.

—¿Este hombre es tu abuelo?

Y Tom dijo..., bueno, Tom dijo exactamente lo que Leandro estaba suplicando que no dijera. Dijo:

—Je, je. Le gustaría saberlo, ¿verdad?

—Niño, no te pases de listo. Estás hablando con la policía.

—¿Policía?

Al parecer, Tom no sabía lo que era la policía. Lo demostró claramente con su siguiente pregunta:

—¿Ustedes son buenos o malos?

—Buenos —sonrió el gordo—. Somos buenos, hijito: ¿es que no ves las películas de la tele?

Pero Tom miraba al otro.

—Eso que tiene usted en la boca y que echa humo, huele muy mal.

—Gracioso, el chaval —dijo el policía que fumaba.

—Tenga cuidado, su bigote está a punto de prenderse.

—Muy gracioso, el chaval.

El policía parecía realmente enfadado.

—Así que tenemos aquí a un anciano que no colabora con la policía y a un niño que intenta burlarse.

Leandro asomó la cabeza por la puerta, preguntándose si no sería mejor intervenir.

—Eso, sin contar con el niño que ha ido a esconderse —dijo el otro policía.

La cabeza de Leandro desapareció

como la de una tortuga volviendo a su concha.

—Me parece que van a tener que acompañarnos.

—¿Se puede saber por qué? —dijo el abuelo olvidándose de su sordera.

—Porque nos ha llegado la denuncia de un posible secuestro. Cierta empleada de hogar ha recibido hace unas horas una extraña llamada del niño de la casa...

—Y en vista de que el chico no aparecía —siguió el otro policía— se ha ordenado su búsqueda.

—Les aseguro que éste no es el niño que buscan.

—Eso lo comprobaremos en jefatura —dijo el policía del bigote.

—Eso, en jefatura —dijo el policía gordo.

Entonces intervino Tom.

—Abuelo, ¿qué ocurre? ¿Quieren llevarnos con ellos por la fuerza?

—Así es, Tom.

Y Tom hizo..., bueno, Tom hizo exactamente lo que Leandro estaba suplicando que no hiciera. Se puso azul.

El policía gordo dio un paso atrás, asustado. Al otro, el cigarrillo se le cayó de los labios. Uno de los camioneros se quedó paralizado, con la hamburguesa a medio camino en-

tre el plato y su boca, y el otro se atragantó con la cerveza y tosió salpicando a todo el mundo. La camarera se tapó hasta la punta de la nariz con el delantal.

—¿Te encuentras bien? —preguntó el policía del bigote—. ¿Cómo demonios haces eso?

Tom estaba realmente azul, completamente azul, absolutamente azul, de un azul marino que al propio Leandro le asustaba un poco. Y eso no fue todo. Lo peor fue cuando las cosas comenzaron a salir volando.

Una hamburguesa casi entera que un camionero había dejado en el plato frente a él, salió despedida por los aires y fue a chocar contra la cafetera. La cerveza siguió el mismo camino. Un vaso de cocacola subió hasta el techo y se estrelló, *crash,* dejando una mancha oscura.

La camarera se tapó con el delantal hasta las cejas, pero un segundo después el delantal se infló y salió por la ventana como una cometa. Platos y vasos, botellas y ceniceros, empezaron a trepidar igual que al paso de un tren. Una mesa se volcó patas arriba.

Los dos camioneros salieron corriendo.

El policía del bigote sacó su pistola, pero no sabía a quién apuntar. El otro se echó cuerpo a tierra protegiéndose la cabeza con las

manos. El abuelo miraba a Tom con sorpresa, pero no decía nada. Leandro gemía, sin que nadie le prestase atención.

Tom se volvió hacia la barra, donde había expositores con chicles, caramelos y pastelitos. Y al cabo de un momento los chicles, caramelos y pastelitos ya no estaban en su sitio, y por todas partes caía una lluvia de chicles, caramelos y pastelitos. Luego se fijó en una torre de platos recién lavados, y la torre empezó a girar y se inclinó, se inclinó...

La camarera suplicó:

—Oh, no, los platos no, por favor.

La torre de platos se enderezó y permaneció en su lugar. Pero era demasiado tarde. La pobre chica soltó un suspiro y se desmayó detrás de la barra con un ruido seco, *ploc*.

Leandro tuvo la impresión de que Tom empezaba a calmarse. Lo vio pasar del azul marino a un azul más clarito. Por suerte, nadie estaba herido. Los objetos fueron parando poco a poco, como después de un terremoto.

Leandro se animó a salir.

—Tom —susurró—, Tom, ya está bien.

Avanzó hacia su amigo con pasitos cortos.

Los taburetes, que habían estado girando todo el tiempo, se detuvieron con un sonido suave y todo quedó en silencio. El abuelo silbó bajito.

—Que nadie se mueva —dijo el policía que había sacado el arma.

El otro levantó la cabeza y empezó a incorporarse.

—Eso, que nadie se mueva.

En su camisa no quedaba ningún botón. Debajo, llevaba una camiseta de tirantes.

—Ahora sí que van a acompañarnos. Tendrán que explicar todo esto en jefatura.

—Eso, en jefatura —dijo el gordo.

—Nosotros no hemos hecho nada, agente —dijo el abuelo—. Usted ha visto que no nos movíamos. Ha sido una especie de terremoto.

—¿Y el niño? ¡El niño se ha puesto azul!

—Eso, azul —dijo el gordo.

Leandro se había situado al lado de su amigo y le habló en un susurro.

—Vaya susto. ¿Estás bien?

—Siento haberme enfadado.

—Ahora sí que lo has complicado —bisbiseó Leandro con cara de enojo.

—Yo sólo quería ayudar —respondió Tom con su voz más dulce.

El policía del bigote guardó la pistola y se acercó cautelosamente.

—Vamos, en marcha hacia el coche.

El abuelo, preocupado, miró a Leandro. Poco había durado la aventura. Leandro, más preocupado aún, miró a Tom. ¿Es que no se le ocurría nada? Tom, sin preocuparse en absoluto, miró a los policías. Claro que sí. Se le ocurría una cosa.

Sonrió.

Su piel tenía de nuevo un color normal. Tal vez un poquitín azulado junto a las orejas. Por lo demás, parecía un niño como cualquier otro. Y cuando sonrió, hasta parecía un niño encantador.

Los policías se fijaron en aquella sonrisa. El gordo empezó a rascarse por todas partes, y no sabía dónde meter las manos. El otro miraba al suelo y daba pataditas como un niño pequeño sorprendido cuando comete una travesura. Parecían muy nerviosos.

—En realidad, ustedes no quieren que los acompañemos —dijo Tom.

—No, claro que no —respondió el del bigote—. ¿Para qué?

—Eso, ¿para qué? —repitió el gordo.

—Se han confundido de personas, y ahora tienen que irse.

—Nos hemos confundido de personas, perdonen —dijo el del bigote—. Ahora tenemos que irnos.

—Eso, tenemos que irnos.

Empezaron a retroceder hacia la puerta, andando hacia atrás y tropezando entre sí. El gordo lucía una sonrisa de oreja a oreja. El del bigote, seguramente sonreía por debajo del bigote.

Salieron a toda prisa, montaron en su coche y se fueron haciendo sonar la sirena.

9

El secreto de Tom

Un chico que conducía una furgoneta los recogió en la gasolinera cuando ya faltaba poco para el anochecer.

Montaron los tres atrás, porque sólo había dos asientos y el muchacho viajaba con su novia.

Si hablaban bajito, con el ruido del motor no se les oía desde delante, así que Leandro aprovechó para reñir a Tom.

—Estás loco. Han podido detenernos.

—Yo creo que no —dijo sonriendo el abuelo—, que no han podido.

A Leandro no le gustaba ser un chivato, pero pensó que el abuelo tenía derecho a saber la verdad.

—Ha sido él. Todas esas cosas que volaban por los aires, no era por un terremoto. Ha sido Tom.

—Ya lo he visto —dijo tranquilamente el abuelo—. Y también he visto cómo hipnotizaba a esos dos policías. Ha sido fantástico.

—¿Fantástico? Abuelo, no debes tomarlo a broma. Tom es..., bueno, Tom es...

Tom le miraba con aire inocente, acurrucado en un rincón de la furgoneta, con las manos sobre las rodillas, sin decir nada. El abuelo se volvió para mirarlo y le sonrió.

—Desde luego, eres una niña bien rara.

—Abuelo —se rió Leandro—, Tom no es una niña.

—¿No?

Leandro miró a Tom como si no lo hubiera visto nunca. Se aproximó hasta casi tocar con la punta de su nariz la nariz de Tom. Entrecerró los ojos y contempló la pequeña figura. Sus ropas no le daban ninguna pista. Tanto podían ser de niño como de niña. Su cara..., no era mucho lo que se veía de ella, por debajo de aquel flequillo cortado a trasquilones.

—Tom —dijo.

—¿Sí, Leandro?

Su voz. Su voz era dulce. Dulce como la voz de algunas niñas. Pocos niños tenían la voz así.

—¡Tom! ¿Se puede saber...? ¿Quieres decirme de una vez...?

—¿Sí, Leandro?

Demasiado guapo para ser un niño. Y

aquella sonrisa suya. ¿Desde cuándo los niños eran capaces de sonreír así?

—¿Eres un niño o una niña?

Tom se encogió de hombros. La escasa luz que entraba en el interior de la furgoneta no permitía ver su expresión.

—¿Hay alguna diferencia? —preguntó.

El abuelo se rió suavemente. Leandro soltó un bufido de impaciencia.

—¡Que si hay alguna diferencia! ¡Dice que si hay...! ¡Claro que hay diferencia! ¿Cómo haces pis, de pie o agachado?

—¿Esa es la diferencia? Je, je, qué divertido.

Entonces, el conductor de la furgoneta se volvió hacia ellos.

—Nosotros nos desviamos por ese camino. Siento tener que dejarlos aquí, en medio de la carretera.

—No tardará en recogerlos otro coche —dijo la chica—. Este es un buen sitio.

—Gracias —dijo el abuelo—. Habéis sido muy amables.

El muchacho y su novia les desearon suerte y se alejaron dejándolos en la creciente oscuridad.

—Bueno —suspiró el abuelo—, esperemos que no tarde en pasar algún otro coche.

—Tom, aún no me has contestado.

—Je, je, —respondió Tom.

Leandro estaba tan impaciente, tan intrigado y nervioso, que cogió a Tom por un brazo y empezó a agitarlo como si fuera una pandereta.

—Nada de je, je. Ya está bien de je, je. No aguanto más je, je. Dime ahora mismo quién eres y qué eres.

—¡Leandro! —exclamó el abuelo—. ¡Esa no es forma de tratar a Tom!

—Me haces daño —dijo Tom con aquella voz tan suave, y Leandro lo soltó sintiéndose culpable.

—Perdona. Me pones nervioso. Lo siento.

—No importa —dijo Tom.

—Sí, sí importa. Te ruego que me perdones.

—Está bien, te perdono.

—Gracias.

—De nada.

Estaban allí parados, los tres, al borde de la carretera, tres figuras inmóviles en la oscuridad. La noche iba a ser muy negra. Apenas pasaban coches, y no tenían ganas de seguir haciendo auto-stop

—Tendremos que buscar un sitio para pasar la noche —dijo el abuelo.

Leandro miró fijamente a Tom. Se frotó la nariz con los nudillos y miró a su alrededor. No le hacía ninguna gracia pasar la noche en un bosque.

—¿Puedes ayudarnos? ¿Se te ocurre algo?

—Yo puedo dormir en la copa de un árbol —dijo Tom tranquilamente—, pero no creo que a vosotros os resulte cómodo.

Echaron a andar hacia un bosquecillo cercano.

—En la copa de un árbol —murmuró Leandro—, vaya idea. ¿Cómo lo haces?

—Me transformo en mariposa.

—Ya. Muy gracioso.

—Lo estoy diciendo en serio.

—Prueba a transformarte en balón de fútbol y yo te daré una buena patada.

—¡Leandro! —exclamó el abuelo.

—Tú lo has oído, abuelo, has oído cómo se burla de nosotros. Dice que puede transformarse en mariposa.

—Yo le he visto hacer otras cosas no menos raras —opinó el abuelo—. ¿Por qué no crees que puede estar diciendo la verdad?

—Creo que es incapaz de transformarse en nada, como no sea en una caca de perro o una cagarruta de oveja.

—Eso lo dices para provocarme —respondió Tom—, pero no conseguirás que me enfade.

Y al mismo tiempo que lo decía empezó a adquirir el tono azulado que siempre anunciaba que iban a suceder cosas espectaculares.

Estaban ya entre los árboles. Apenas podía verse dónde ponían los pies. El abuelo dijo que sería mejor que no discutieran. Pero ya era un poco tarde. Tom se había vuelto azul,

de un azul que sólo se encuentra a veces en las llamas de una hoguera.

Dos o tres ramas que había cerca de él se troncharon solas. Algunos pájaros que se habían instalado cómodamente en su nido para pasar la noche, salieron piando en busca de lugares más tranquilos. Un conejo pasó a toda prisa entre sus piernas. Una oveja baló a lo lejos, *beeeé,* llamando a su pareja.

—Abuelo, rápido, ¿qué hago? —preguntó Leandro.

El abuelo se inclinó hacia Leandro y dijo una palabra en su oído. El niño miró al anciano sin poder creer que hablase en serio, pero el anciano asintió gravemente con la cabeza. Tal vez, después de todo, el abuelo sabía lo que estaba diciendo; al fin y al cabo había vivido mucho y había visto muchas cosas y estaba dispuesto a creer en algunas que nunca creerían otros adultos.

Así que Leandro dio un paso adelante y, tal como le pedía el abuelo, besó a Tom.

Fue un beso de amigo, en la mejilla. En la mejilla azul. Un beso de paz.

Y entonces, sólo por un momento, Tom se transformó en algo que no era exactamente una mariposa azul, ni tampoco una niña, pero que tenía, por raro que parezca, algo de las dos cosas.

Ambos, Leandro y el abuelo, pudieron ver en el lugar de Tom a una pequeña figura casi transparente, llena de luz, que parecía desprender polvo de música, y sonrisas y sueños misteriosos. Y Leandro recordó, sólo por un instante, cosas de cuando aún era un bebé, o tal vez de antes. Y supo que tenía mucha suerte porque estaba viendo algo que pocos niños llegan a ver.

—¡Un hada! —exclamó.

Y el hada se rió con aquella risa inconfundible de Tom, y Leandro sintió deseos de llorar como cuando una película muy bonita conseguía conmoverlo.

—¡Abuelo, es un hada!

El rostro del abuelo resplandecía como iluminado por un fuego, y sus ojos brillaban como seguramente no habían brillado desde que era un niño.

—Tom —pidió—, no te vayas. Leandro no quería ofenderte.

—Por favor —pidió Leandro—, por favor.

—Está bien —dijo el hada con la voz de Tom, que de todas formas siempre había sido dulce—, pero deja de chincharme.

—Lo prometo.

Un resplandor les obligó a cerrar los

ojos, y al abrirlos de nuevo allí estaba Tom con su aspecto de siempre.

—Creo que por aquí encontraremos un claro donde pasar la noche —dijo, como si nada hubiera pasado.

—¿No estás enfadado? —preguntó Leandro—. Quiero decir, enfadada. Perdona, Tom. ¿Tom? ¿Tengo que seguir llamándote Tom? Es un nombre bien raro para un hada. ¿Por qué no me dijiste que eras un hada?

Tom echó a andar abriendo la marcha, sin volver la cabeza.

—¡Espera, no vayas tan deprisa! —pidió Leandro trotando detrás de él.

—¡Esperadme! —dijo el abuelo—. ¡Mis viejas piernas no pueden correr como las vuestras!

Tom se volvió y los miró sonriendo con aquella sonrisa suya que hacía que uno sintiera en el pecho un poco de dolor de pura felicidad.

—¿Podríamos cantar una canción?

Y entonces Leandro entonó, bueno, no se puede decir que fuera una canción muy apropiada, pero entonó con todas sus fuerzas *Cumpleaños feliz.*

Y luego los tres la cantaron a coro.

10

Bailando a la luz de la luna

—Este es un sitio magnífico para pasar la noche —opinó el abuelo—. Estamos protegidos del viento, nadie nos molestará y hay leña seca para hacer una hoguera.

Leandro miró alrededor, poco convencido. Las sombras de los árboles parecían moverse, y el susurro del viento entre las ramas era como una voz que dijera palabras misteriosas.

—Creo que preferiría estar en mi casa.

Suspiró y añadió tristemente:

—Tendría que haber llamado para tranquilizarles. Estarán preocupados por mí! ¡Seguro que se preguntan qué me ha ocurrido!

—Es culpa mía —dijo el abuelo—. Debería haberlo recordado yo, que soy el adulto y se supone que debo ser responsable. Pero mi mala cabeza me ha jugado una trastada. Lo siento, lo siento de veras.

—Se puede llamar mañana temprano —indicó Tom—. Por esta noche, no hay nada que hacer. Dudo que haya un teléfono por aquí cerca, aunque, la verdad, yo de eso no entiendo mucho. No tengo costumbre de utilizarlos.

Mientras recogían ramas secas para hacer fuego, Leandro se quejó de que no había comido nada desde el desayuno. Aseguró que estaba tan hambriento que se comería un dinosaurio con patatas.

Cuando tuvieron un buen montón de leña seca, el abuelo empezó a rebuscar en sus bolsillos, y luego meneó la cabeza y se lamentó de su mala memoria.

—No llevo ni cerillas ni encendedor. Me parece que nos tendremos que pasar sin hoguera.

—Yo sé cómo se enciende fuego —dijo Leandro—. Lo he visto muchas veces en las películas. Hay que frotar un palito o hacer chocar dos piedras.

—Me gustaría ver eso —dijo Tom.

—Y a mí —añadió el abuelo.

Leandro buscó dos piedras y se puso a hacerlas entrechocar, con riesgo de magullarse un dedo, pero en un buen rato ni siquiera logró hacer saltar una chispa. Luego cogió una ramita seca, la colocó vertical sobre la hojarasca que habían amontonado con la leña y la hizo girar con las palmas de las manos.

—Nada, no hay manera.

Entonces Tom preguntó que si le dejaban probar a él.

—Prueba, pero no creo que consigas nada. Tienes menos fuerza que yo.

—Tal vez no es cuestión de fuerza.

Tom tomó la ramita seca y se limitó a soplar sobre ella. Al momento, de su extremo surgió una llamita. La acercó a la hojarasca y al cabo de un instante la hoguera ardía alegremente.

—Así, cualquiera.

—Ahora resolveremos el problema de la cena. Busquemos algunas flores.

—Te lo advierto —dijo Leandro—, yo no pienso comer flores.

—Confía en Tom —sugirió el abuelo.

Un rato de búsqueda les bastó para reunir un buen ramillete de flores silvestres. Había unas de un azul brillante, que el abuelo dijo que se llamaban verónicas, campanillas azul claro, margaritas blancas y amarillas y otras muchas. Las repartieron a partes iguales y se sentaron alrededor del fuego.

Tom mordisqueó algunas de sus flores con buen apetito.

—¡Deliciosas! Probad. Son cosa rica.

—Estás loco —refunfuñó Leandro—. Eres un hado completamente loco. He dicho que no pienso comer flores. Las personas no comemos flores. Estamos acostumbrados a otros sabores.

—Ya lo he tenido en cuenta. Pruébalas.

El abuelo probó las suyas. Sus ojos claros se iluminaron de regocijo.

—¡Son la cosa más buena que he comido en mi vida!

Leandro se decidió, de mala gana, a mordisquear una campanilla. Estaba deliciosa. Las margaritas eran una maravilla. Las más chiquititas eran tan ricas como un helado de chocolate.

—Me parece que estás mezclando la cena con el postre —dijo Tom riendo—. Prueba a comer más despacio, para saborear cada cosa.

—Nunca hubiera imaginado que las flores supieran tan bien. ¿Siempre saben así?

—Sólo para las hadas. Para los niños, si no van acompañados de un hada, sólo tienen estos sabores un día al año. Pero hay que adivinar qué día es ése, y no es el mismo para todos.

—Me gustaría saber —dijo Leandro con la boca llena de unos pequeños pétalos que sabían a flan— qué clase de hada eres tú.

Al otro lado del fuego, Tom sonrió con aquella sonrisa suya que hacía que el corazón latiese más deprisa. Había recuperado su *plumas,* y una pequeña pluma blanca cayó revoloteando hacia el fuego.

—Pues... hay hadas del monte y hadas del llano, y hay hadas de la costa, y por supuesto hay hadas del bosque. Por raro que parezca, también hay hadas de la niebla, y de la lluvia. Las hay en todas partes excepto, tal vez, en la ciudad. No creo que en las ciudades viva ningún hada.

—¿Por qué?

—No somos tan tontas.

—Bueno, aún no me has dicho de qué clase eres tú.

—Es que aún no lo sé. Soy demasiado joven. Hay hadas jóvenes, igual que entre los humanos hay jóvenes. Y cuando somos jóvenes todavía no pertenecemos a ningún lugar.

—¿Y a qué lugar te gustaría pertenecer cuando seas mayor?

Tom se quedó pensativo. Leandro nunca lo había visto tan serio. El abuelo escuchaba con atención y callaba. El abuelo sabía hablar muy bien, pero también sabía callar muy bien.

—Creo... —dijo finalmente Tom— creo que me gustaría estar cerca de la gente. Ser hada de las palabras, o de la risa, o de las canciones, por ejemplo. Pero supongo que eso es muy difícil.

—¿Por qué?

—Pues... ya lo has visto. Hay pocas risas

y pocas canciones. Tú mismo te pasas mucho tiempo sin cantar. La verdad, no sé cómo los humanos podéis vivir sin cantar y bailar. La música..., la música es..., en fin, no sé explicarlo con palabras, pero esperad.

Tom sacó del bolsillo de su *plumas* un trozo de caña y sopló en él, y el sonido que brotó era la más dulce de las músicas. Y al cabo de un momento tuvo que ponerse a bailar porque sus pies no podían parar quietos, y Leandro se puso de pie y, riendo, bailó también alrededor del fuego.

Y hasta el abuelo dijo que iba a comprobar si sus viejas piernas todavía lo sostenían, y se unió al baile.

Bailaron hasta que el cansancio los rindió, y allí mismo, al amor del fuego, sobre un lecho de hojas, se durmieron los tres.

Era muy temprano todavía cuando se pusieron de nuevo en camino.

Después de abandonar el bosque tuvieron que andar un buen rato bajo el sol que empezaba a calentar, hasta que al fin vieron a lo lejos un pueblo.

Leandro pudo hablar con su casa desde

un teléfono público que encontraron a la entrada del pueblo, que empezaba a despertar.

Su padre, que no había ido a trabajar para permanecer junto al teléfono, descolgó en seguida. Dejó que Leandro explicase su situación y no perdió tiempo en reñirle, aunque parecía enfadado.

—Intenta decirme con toda precisión dónde estáis, y sobre todo no os mováis de ahí. Iré a buscaros.

Leandro no acertaba a explicar en dónde se hallaban, sobre todo porque él no lo sabía. Dijo que no debían estar muy lejos de Granada, quizá a una hora o algo más, pero no supo precisar en qué carretera. El padre se impacientaba.

—Que se ponga el abuelo.

El abuelo, adivinando la situación, ya se acercaba al teléfono.

Lo cogió y escuchó durante un par de minutos sin decir otra cosa que algún que otro «sí», y también «me doy cuenta» y «lo siento». Finalmente, habló con el tono enérgico que Leandro ya conocía.

—Ahora escúchame tú. No, escúchame, te digo. Soy tu padre. Vamos a llegar hasta Granada de un modo o de otro. No vale la pena que vengas. Somos perfectamente capaces de cuidarnos como hemos hecho hasta ahora. ¿Qué? Sí, ya sé que tu mujer está en Sevilla —escuchó de nuevo y añadió unas palabras—. Estaremos en el mirador más alto del Albaicín. Creo que se llama San Nicolás. Hoy mismo. Leandro, Tom y yo queremos ver la nieve. ¿Que quién es Tom? Bueno, no perdamos tiempo ahora hablando de Tom, ya te lo explicaremos.

Hubo una pausa, y luego continuó:

—Sí, de acuerdo, si puede llegar hoy mismo, la esperaremos allí.

Colgó y se volvió hacia los chicos.

—Hay que ponerse en camino. No sabemos bien cuánto nos queda para llegar a Granada. ¿Sabes una cosa, Leandro? Creo que allí tendrás una sorpresa.

11

Adiós, amigo

Piaban los pájaros y lucía el sol en un cielo muy azul. De nuevo en la carretera, Leandro dijo que deberían haber preguntado si era aquélla la carretera de Granada.

—Tienes razón —respondió Tom—. Esperad, voy a preguntar.

No había ninguna persona a la vista. Habían dejado atrás el pueblo después de desayunar con sus únicas monedas. La carretera se extendía ante ellos formando ligeras ondulaciones, pues el terreno no era llano del todo. Aquellas subidas y bajadas, vistas en la distancia, hacían pensar a Leandro en una cinta que una modista descuidada no hubiera estirado bien.

—No hay nadie a quien preguntar aquí.

Un conejo pasó corriendo a corta distancia de ellos. Tom lo llamó con un silbido y el animal frenó en seco.

Tom se acercó a él. El conejo no parecía tener ningún miedo; al contrario, escuchó las palabras de Tom sin mover un solo pelo del bigote.

—¿Dopo dopo, dopo dopo?

El abuelo y Leandro esperaron confiados la respuesta del animal. A Leandro no le hubiese extrañado que el conejo señalase una dirección con la pata, pero el conejo no hizo nada de eso. Simplemente sonrió como disculpándose y siguió su camino.

—¿Qué pasa, no lo sabe?

—Estoy avergonzado —respondió Tom—, se ve que no he estudiado lo suficiente el lenguaje de los animales. No me ha entendido ni una palabra.

Poco más adelante vieron una señal que indicaba que aquella era la carretera de Granada.

Habían transcurrido pocos minutos cuando un coche rojo, que no era el de la primera vez, se detuvo para recogerlos. Leandro llegó a la conclusión de que los coches rojos eran los mejores para hacer auto-stop. Lo conducía una señora extranjera que parecía encantada de tener compañía.

Durante el camino, la señora no paró de hablar ni un instante usando un vocabulario que a Leandro le pareció bastante raro.

—Me llamo señorita Elphinstone y me congratulo de poder prestarles este pequeño servicio. ¿Es la primera vez, queridos niños, que vais a visitar Granada? La Alhambra es verdaderamente un deleite. A mí me entusiasma.

El abuelo, que se había sentado junto a ella, no decía nada (la señorita no le daba ocasión), pero bien se veía que hubiera querido descansar un rato de tanta charla. En los asientos de atrás, Leandro preguntaba a Tom cosas sobre las hadas, y Tom se reía sin contestar.

El último tramo de carretera tenía muchas curvas, que el coche tomaba a toda velocidad. La señorita Elphinstone conducía con una sola mano mientras con la otra se sujetaba el sombrero, que con el viento que entraba por las ventanillas amenazaba con salir volando. A Leandro le decepcionó un poco que no fuera así, porque el sombrero era enorme, y con su larga cinta colgando parecía una cometa.

Entraron en la ciudad descendiendo una serie de cuestas al fondo de las cuales se abría un ancho panorama de casas y campos que parecían flotar bajo el intenso sol. Sin embargo, las calles le parecieron a Leandro como las de cualquier otro lugar. Dudaba de que en aquella ciudad, donde hacía más bien calor, fuese posible encontrar nieve.

Desviándose de su camino, la señorita Elphinstone los llevó hasta una plaza grande, en un rincón de la cual había una iglesia con una bonita torre.

—Esta es la Plaza Nueva, y ésa la calle Elvira. Desde aquí se puede subir a la Alhambra y también al Albaicín. Es un camino un poco empinado, pero vale la pena hacerlo a pie.

—Gracias por todo, señorita Telephone —dijo el abuelo, que no recordaba bien el complicado apellido de la dama.

—¡Buena suerte, y hasta la vista!

Empezaron a subir por estrechas calles en cuesta.

Las casas eran viejas, algunas humildes y otras ocultas tras altas tapias. Las callejuelas eran frescas y, debido a los jardines, olían muy bien. Conforme subían, las cuestas parecían hacerse más empinadas y las casas más grandes.

El abuelo explicó que aquellas casas se llamaban cármenes, y que eran iguales a las que hace siglos ocupaban los árabes.

—Los cármenes tienen jardines con arrayanes, que son arbustos que huelen muy bien, como habréis notado, y con árboles frondosos y rosales. Entre las plantas corre el agua fresca donde beben las palomas, porque casi todas las casas tienen una torrecilla que sirve de palomar.

Pero las grandes puertas de hierro —cancelas, las llamaba el abuelo— permanecían cerradas. Sólo a través de algún pequeño ventanillo era posible contemplar un trozo de jardín o un paseo entre árboles. Cada vez que se

asomaban, Tom, que estaba intentando apren-
der a silbar, soplaba con admiración.

Y por fin llegaron a lo más alto.

—El mirador de San Nicolás —anunció
el abuelo.

Había una iglesia, y una explanada, que
en aquel momento estaba desierta, con unos
bancos de piedra para sentarse. Había una
fuente en la que bebía agua un caballo. Leandro lo miraba todo con ojos muy abiertos, sin-
tiendo que el corazón le galopaba a toda prisa
en el pecho, *pum, pum, pum,* como la primera
vez que le llevaron a la playa o la primera vez
que bajó por un tobogán.

Se aproximaron los tres al borde de la
plaza, que parecía colgada en lo más alto de la
ciudad, y allí se detuvieron sin decir una palabra, porque lo que veían les había dejado sin
respiración.

Había casas a sus pies, con flores hasta
en el tejado, y árboles entre ellas, y enfrente
una montaña con un castillo y unos palacios
—el abuelo les explicó que era la Alhambra—, y
más allá la ciudad con sus calles y avenidas, sus
plazas y sus rascacielos, y más lejos aún el
campo, verde y azul hasta el infinito. Y detrás
de los palacios, una montaña más alta que ninguna otra...

—Se llama Mulhacén —dijo el abuelo—, en honor a un rey que quiso ser enterrado allí.

... Y allí, por fin, en lo más alto de aquel monte...

—¡Nieve! —gritó Tom—. ¡Es nieve!

—Sí —sonrió el abuelo—, ya os lo dije. Y detrás, no muy lejos, está el mar.

—¡El mar! —Tom se puso a dar saltos y a bailar de pura emoción, y algunas plumas blancas revoloteaban a su alrededor, y Leandro comprendió por qué había ido siempre tan abrigado. No era porque tuviera frío, sino porque pensaba viajar hasta donde hubiese nieve.

—Te vas a ir, ¿verdad? —preguntó con pena—. Quieres llegar hasta aquella montaña para poder tocar la nieve.

—Me han dicho —respondió Tom con los ojos brillantes— que cuando uno la toca es fría como agua de manantial, pero después te da calor, y se deshace entre los dedos, y que se puede jugar con ella, y comerla, y beberla, y hacer muñecos...

—Es verdad —dijo el abuelo—, y es una lástima que no podamos acompañarte, pero nosotros tenemos una cita aquí.

—También quiero ver el mar —dijo Tom—. Nunca lo he visto. El mar es...; me han dicho que el mar es... —sacó su flauta de caña

y sopló en ella y por un momento hasta los pájaros detuvieron su vuelo y callaron para escuchar— estoy seguro de que el mar es como la música.

—Entonces, ha llegado el momento de despedirnos —dijo Leandro tristemente.

—Sí, creo que sí.

Tom sonreía, como siempre. Guardó su flauta y se puso la capucha del *plumas,* y más parecía un duende que otra cosa, tan pequeño y con aquella expresión traviesa.

Estrechó la mano del abuelo y luego se la chocó varias veces como Leandro le había enseñado. El abuelo parecía emocionado, pero no le pidió que se quedase. Tal vez pensaba que las hadas no puede quedarse mucho tiempo con los humanos.

Luego, Tom se volvió hacia Leandro.

—Bueno..., ¿sabes? me ha alegrado mucho conocerte, Leandro.

—Y a mí —dijo Leandro—. Eres el mejor amigo que he tenido.

—No lo dices de veras.

—Te aseguro que sí.

—Gracias.

—De nada. Estoy un poco emocionado.

—Eres bobo.

—Te lo advierto, no me llames bobo —protestó Leandro.

—Bueno, ¿nos damos la mano?

—Pero, ¿volveremos a vernos?

A Tom se le escapaba la vista hacia la nieve. Saltaba de impaciencia. No podía esperar un minuto más.

—Tal vez —dijo Tom.

—Nada de tal vez. Quiero que me prometas que volveremos a vernos.

Entonces Tom hizo algo inesperado. Se sonrojó. Sus mejillas, debajo de los trasquilones, se pusieron coloradas. Y su voz se hizo más dulce que nunca cuando pidió:

—Pues a cambio dame un beso, como anoche.

Leandro le dio un beso y, sin saber por qué, él también se puso colorado.

—Adiós, Tom.

—Espera —dijo Tom—. ¿No te olvidas de algo?

—¿De qué?

—¿Para qué crees que fui a tu casa? ¿Nunca has oído que las hadas se aparecen para conceder un deseo?

—Sí.

—Pues entonces... —Tom sonrió con

aquella sonrisa suya tan especial—. ¿A qué esperas? Pide un deseo.

Muchos pensamientos distintos pasaron por la mente de Leandro en aquel momento. ¿Un deseo? ¿Qué deseo podía pedir? Quizá que el abuelo fuese a vivir con ellos. Pero, pensándolo bien, el abuelo nunca había dicho que quisiera hacer tal cosa. Tal vez, a pesar de sus protestas, estaba mejor en la residencia, con gente de su edad.

Podía pedir que mamá pasara más tiempo con él, o un nuevo vecino de su edad con quien jugar...

¿Y si le pedía a Tom que volviese alguna vez?

Y entonces, en ese preciso instante, oyó una voz que hizo que su corazón latiese más aprisa.

—¡Leandro!

Y vio a su madre, despeinada y sonriente, que saltaba de un coche.

Y en ese momento comprendió que nunca había estado solo; siempre habían estado con él sus padres, el abuelo, Agustina, Enrique... Fue precisamente allí, tan lejos de casa, donde hizo ese descubrimiento. Tal vez Tom le había hecho viajar hasta allí para ayudarle a ver claro.

Se volvió hacia él justo cuando Tom se acercaba al borde del mirador. Leandro lo vio durante un instante, al sol, con su *plumas* y sus botas, pequeño y sonriente..., y de pronto ya no estaba.

No se tiró, no. Ni tampoco se descolgó ni salió volando. Simplemente desapareció.

Sólo oyeron un sonido que se alejaba, como un *flop, flop*.

No era un batir de alas, ni el sonido de un globo que se desinfla, aunque se parecía un poco a las dos cosas. Era...

Bueno, era *flop, flop*.

Mamá ya estaba a su lado, y Leandro no pudo pensar en nada más. La abrazó con los ojos llenos de lágrimas.

12

Epílogo

Pocos días después, Leandro cumplió nueve años.

Naturalmente, dio una fiesta en casa para sus amigos. Hubo juegos y toda clase de cosas ricas para comer (la mayoría de las cuales se las comió Enrique). También había flores en la mesa, pero eran sólo de adorno. Leandro probó un pétalo cuando nadie le miraba, y únicamente le supo a eso, a pétalo de flor.

Mamá, papá y Agustina estaban felices de tenerlo nuevamente en casa.

El abuelo, que pasaba el día con ellos, cantó y hasta bailó mientras se lo permitieron sus viejas piernas.

—Es un cumpleaños estupendo, Curry. ¿No estás contento?

—Abuelo —le respondió Leandro cuando nadie podía oírles—, para estar contento del todo me falta una cosa.

El abuelo guardó silencio, le acarició el pelo y suspiró.

—Abuelo, ¿crees que volverá?

—No lo sé, Curry, no lo sé.

—Abuelo, hay una cosa que no entiendo.

—¿Sólo una?

—¿Por qué uno no puede tener siempre cerca a toda la gente que quiere?

—Hoy nos tienes a todos —respondió el abuelo.

Leandro pensó en el deseo que no había llegado a pedir, pero no dijo nada.

Esa noche, a pesar de ser su cumpleaños, Leandro se fue temprano a su habitación. Últimamente le gustaba leer un rato en la cama, antes de dormirse. Los libros le interesaban más que nunca desde que Tom le había dicho que cuando fuese mayor trabajaría con libros.

Entró en su cuarto y empezó a quitarse la ropa.

Al descalzarse, vio algo en el suelo.

Una pluma blanca.

Y le pareció notar un cierto olor a..., ¿qué era aquello? ¿Humo?

Sus ojos se iluminaron. En su cara apareció una enorme, enorme sonrisa que le llegaba de oreja a oreja.

Y entonces oyó aquella risa.

Vio el objeto sobre la cama.

Era un simple pedazo de caña, pero hizo que su corazón fuese más aprisa, *pum, pum, pum.*

—¿Estás aquí? —preguntó.

Comprendió que la flauta era su regalo de cumpleaños.

—¿Creías que me olvidaría de ti? —dijo aquella voz que conocía muy bien.

—¡Vamos! ¿Dónde estás? ¡Déjame verte!

La voz, al oído de Leandro, entonó bajito una canción.

No era una canción cualquiera. Era *Cumpleaños feliz.*

Índice

Índice

MANUEL L. ALONSO

Desde hace muchos años, Manuel L. Alonso elige los lugares que más le gustan, permanece viviendo en ellos durante unos meses y, en cualquier momento, hace de nuevo las maletas y se traslada a otra región en busca de nuevos horizontes.

La larga trayectoria literaria de Manuel L. Alonso abarca desde la novela policiaca y los relatos para adultos hasta los más diversos géneros de literatura juvenil o infantil.

Sus libros han recibido distintos premios, algunos de ellos son *best sellers,* y los utilizan en muchos países para el esudio del idioma español. Entre ellos figuran, *Las pelirrojas traen mala suerte,* galardonado con el prestigioso Premmio Jaén, y *No mires la luna a través del cristal.*

■ ESTE LIBRO SE TERMINÓ DE IMPRIMIR
■ EN LOS TALLERES GRÁFICOS DE RÓGAR,
S. A., NAVALCARNERO (MADRID), EN EL MES
DE FEBRERO 2008.